2024.9

정희란

작가의 말

작가의 말

천희란

위즈덤하우스

차례

집은 복층이고 완벽한 서향이었다.
부엌에서 시작되는 계단을 오르면 층고가
높고 널찍한 공간에 도착했다. 서쪽 벽은
전면이 대형 창호로 되어 있었고, 오른쪽에
맞닿은 벽의 커다란 미닫이창을 통해
베란다로 나갈 수 있는 구조였다. 나는
처음부터 그곳에서 책을 읽고 음악을 들을
계획을 세웠다. 사각 스틸 파이프와 삼나무
집성목으로 직접 제작한 책장 두 개의
폭은 왼쪽의 빈 벽에 꼭 맞았다. 오후가

되면 책장의 상판을 세로로 가로지르는 파이프들의 그림자가 아무렇게나 꽂혀 있는 책등을 지나며 빛의 기울기에 따라 시시각각 기하학적 무늬를 만들어냈다. 나는 이층 거실이라고 부르던 그 공간에 테이블을 대신할 뚜껑이 달린 라탄 바구니와 팔걸이가 달린 낮은 의자 두 개, 플로어 스탠드를 배치했고, 진공관 앰프와 오래된 스피커 두 대를 설치했다. 거실 왼쪽 벽 뒤에 있는 작은 방은 작업실이었고, 다른 하나의 방은 네 개의 책장으로 둘러싸인 또 다른 서재였다. 그 집에 입주한 2020년 봄에는 모든 게 완벽해 보였다. 번듯하게 꾸며놓은 공간에서 푸석한 얼굴과 헝클어진 머리를 정돈하지 않은 채 차를 마시며 책을 읽고, 음악을 듣다가 낙양이 선사하는 그림자가 발밑으로 밀려들면 자리를 옮겨 글을 쓰는 일상 따위를 상상했다. 작가의 삶이라는 것에 대한 환상이 남아 있지 않다고 믿어왔음에도, 그때는 내게 펼쳐질 미래를 다소 감상적으로 그려보기도 했다.

미래라는 개념이 언제나 나를 경직시켰다는 사실을 잠시 잊었다. 미래를 생각하지 말라. 미래는 언제나 불안을 불러일으키는 단어였다. 미래를 상상할 수 없어서가 아니었다. 곤궁하고 초라한 삶 따위를 떠올렸기 때문도 아니었다. 미래는 현재를 얼어붙게 만들었다. 지금 내가 그 봄의 장면 위로 잘 배합된 콘크리트 같은 문장들을 쏟아붓고 있는 것처럼. 문자화된 사건은 언제나 사건이 이미 지나갔음을 전제한다. 사건을 서술하는 정직한 시제는 오직 과거형의 그것뿐이다. 현재형의 시제는 일종의 눈속임이다. 현재란 복합적 감각의 총체이기 때문에. 사물은 순서대로

지각되지 않는다. 사태를 인지한다는 것은
자동적으로 현실을 과거에 박제한다는 뜻에
다름 아니다. 쓴다는 것은 어떠한가. 무한한
입체성의 현재로부터 존재를 인식의 대상으로
전환시키고, 대상을 표현하기 위한 문장을
구성하는 사이에 현재는 떠밀려간다. 현재는
영원히 기술될 수 없는 상태로 남는다. 지금을
쓰려 할 때마다 현재는 더 많은 과거를
생산해내고 서술된 과거에 대해서는 미래가
되며, 과거는 잉여의 생산물로 미래의 자산에
누적된다. 그렇게 미래는 과거를 지배한다.
과거는 매 순간 미래의 교환가치로 전락한다.
미래가 휘두르는 의미화의 권력에 도구적으로
종속된다. 쓴다는 것의 공포는 그런 것이다.
아니, 그것은 사유라는 지적 활동의 공포이고,
어쩌면 살아 있다는 실감마저 집어삼키는
공포이다. 미래는 무소불위의 권력이다.

살아 있는 매 순간이 미래의 먹잇감이 되고
말 것이다. 과거의 미래인 현재에서 나의
과거는 몸을 일으켜 내게 항의할 수 없다.

소설은 미래에 저항하는 도구로는
적합하지 않았다. 나는 종종 선택할 수
있었던 글쓰기의 수많은 가능성 중에
소설이라는 장르에 몰두하기 시작한
이후에야 왜 하필이면 소설이어야 했는지
자문하곤 했다. 질문은 사후적일 수밖에는
없었는데, 왜냐하면 그러한 의문은 소설을
쓰지 않았다면 결코 깨달을 필요가 없었을
이해들로부터 파생된 것이었기 때문이다.
소설의 현존이 언제나 묵시록적 시간성에
위협받는다는 부정할 수 없는 사실은 끝내
나 자신의 현존을 겨냥하기도 했다. 그러나
이미 지나온 길이 너무 멀게 느껴져 빈번히
되돌아가기를 포기한 것만은 아니었다.

소설은 명백한 시간성의 한계 그 자체이면서
한계를 돌파하려는 욕망의 산물이었으므로,
나는 엉켜버린 시간 축의 롤러코스터에 앉은
것처럼 거듭해서 소설 앞으로 미끄러져
돌아갔다. 인과를 분절시키는 시간의 재배열,
위태로운 현재형의 시제, 관념적인 진술들
아래로 가라앉아 희미해져버린 서사……
그것은 태생적인 구속의 퍼포먼스와도
같았다. 패배할 것을 알면서도 패배하기 위해
일으키는 전쟁의 경이. 장엄하게 패배를
성취하기. 불가능의 고통에만 허여된 기이한
맹목.

　　나는 지나치게 엄숙한 태도로 돌아가는
중이다. 의도된 한 조각의 웃음도 존재하지
않는 예술은 위대해질 수 없다. 웃음 없이는
완전해질 수 없기 때문이다. 절망이나
고통만이 흘러넘치는 자족적인 삶이란

불가능하다. 나는 자주 나를 가리키며
크게 웃으면서도, 소설을 쓰는 동안에는
웃음을 잃어버린다. 일부러 웃음을 배제한
부자연스럽고 불완전한 시공간만이 펼쳐진다.
유머 없는 소설은 가치가 없다고 말하면서
유머 없는 소설을 쓰는 자신을 고백하는
것이 유머일 수도 있을까. 만일 이것이
차가운 유머라면 그 유머는 나의 유머일까
내 소설의 유머일까. 소설을 쓰는 나와 소설
속에서 말하는 나와 소설 속에서 말해지는
나가 완벽히 포개질 수 없으므로 나를
대상화하는 나의 목소리를 가진 소설을 쓰는
내 행위의 목적은 나에 대해 말하는 것일
수 없게 된다. 그럼에도 기어코 발생하고
마는 나에 대한 나의 착각, 나에 대한 나의
우위, 나에 대한 나의 지배력에 도전하는 그
엄숙함이 웃음거리가 될 수도 있지 않을까.

사실 완전해지는 것은 내 관심거리가 아니다. 나에게 언제나 미래인 내 권력의 폭력성을 묘사하는 일, 나를 사랑하거나 미워하지 않고 그 권력이 초래한 비극을 사유하기. 그것이 내가 지금 하려는 일이다.

집으로 돌아가자. 새로운 집에서의 생활에 특별한 기대를 품었던 것은 당시 도무지 글을 쓸 수 없는 상태가 지속되고 있기 때문이었다. 다시는 소설을 쓸 수 없을 것 같았다. 예감은 2019년 12월 《자동 피아노》를 출간한 이후 불현듯 밀려왔다. 소설은 깊은 우울과 반복적인 자살 충동에 사로잡힌 인물의 분열적인 의식을 받아쓰듯 써 내려간 작품이었고, 지난 십수 년간 내 내면에서 쉬지 않고 펼쳐진 사건 그 자체였다. 이 이야기를 읽기 위해 그것을 먼저 찾아 읽을 필요는 없다. 전위적인 소설들의 문법에

따르면 그런 소설은 세상에 존재조차 하지
않을 가능성이 크다. 성취를 객관적으로
가늠할 수는 없다 하더라도 그 소설은 적어도
나 자신에게만큼은 도달할 수 있으리라
기대하지 않았던 경지의 것이었다. 출간
이후 아주 잠시였지만, 나는 완전히 새로
태어난 감각 속에 살고 있었다. 꿈꿔왔으나
쓸 수 없을 줄로만 알았던, 혹은 아주 먼
훗날에라도 쓸 수 있기를 바라왔던 소설을
완성했기 때문은 아니었다. 나는 몇 년째
정신과 약을 복용하고, 심리 상담을 받는
중이었다. 많은 것이 수년에 걸쳐 좋아졌다.
내 집에 내가 아닌 다른 누구도 존재하지
않는다는 명백한 사실을 알면서도 식칼을
들고 집 안을 수색하거나 샤워를 끝내고 욕실
밖으로 나오지 못해 출근한 남편을 호출하던
것도 이미 오래전의 일이었다. 오히려 죽음을

향한 들끓는 욕망과 정신의 과잉 활동이 끝났기에 그 책을 출간할 수 있었다고 하는 게 옳다. 착란과 죽음의 이미지에 구속되지 않는 일상은 자연스레 작가로서 갖게 될 가능성에 대한 낙관을 품게 했다.

그러나 기세등등하게 새 소설을 쓰기 위해 책상에 앉은 직후부터 희망은 산산이 부서졌다. 써 내려간 모든 문장은 형편없었고, 빠른 속도로 다시는 소설을 쓸 수 없으리라는 근거 없는 믿음에 휩싸였다. 애당초 내게 글쓰기의 기쁨이란 고통의 동의어나 다름없었으나, 이번에는 고통도 찾아오지 않았다. 감각 없음. 완성하기도 전에 실패를 예감하며 쓰다 만 소설이 수두룩했던 적도 있지만, 망쳐버리더라도 끝까지 쓰고 나면 그때부터 진짜 쓰기가 시작된다는 걸 알고 있었다. 원고와 시간적 거리를 두면 물꼬가

트이는 날이 오고, 쓸 것이 바닥난 것 같은 기분은 쓰는 행위를 통해서만 극복되었다. 하지만 내 경험적 깨달음은 그 시기에 아무런 힘도 발휘하지 못했다. 사설 아카데미에 이미 수강신청을 마친 첫 창작 수업의 폐강을 요청했고, 제안을 수락했던 두 권의 책 계약을 반려하고, 계약서 작성이 끝난 책 두 권의 선인세를 반환했으며, 청탁서를 받아두었던 여러 편의 단편 원고를 줄 수 없다는 이메일을 썼다. 가장 가까운 동료들은 급히 마감을 해야 하는 원고가 아닌 이상 그럴 필요가 없다고 조언했다. 그러나 쓰지 않아도 된다면서도 쓰지 않다 보면 언젠가 쓸 동력이 생길 거란 말은 위로가 되기는커녕 적당한 때가 되어도 글을 쓸 수 없는 나를 한심하게 여긴 그들이 내 곁에서 떠나가리라는 예감만을 끝 모르게 팽창시켰다. 한참 전에 계약한 한 권의 작품집과 마감 기한이 가장 멀리 있는 단 한 편의 단편소설 청탁만은 남겨두었다는 사실이 누군가에겐 내가 품은 실낱같은 희망으로 여겨졌을지도 모르나, 내겐 내가 더는 작가가 아니라는 현실을 유예시키기 위한 방편에 불과했다. 그리고 삶의 변화가 글쓰기의 변화에 대한 기대를 불러왔듯이, 소설 쓰기 앞에서의 무기력은 삶의 무기력을 동반했다.

　새로운 집은 반드시 글쓰기의 의욕을 회복할 수단이거나 글을 쓰지 않고도 스스로의 가치를 부정하지 않는 삶을 실현할 수 있는 장소여야만 했다. 집은 보란 듯이 곧바로 기대를 배반했다. 그해 장마가 본격적으로 찾아오기도 전에 집은 실체를 드러내기 시작했다. 첫 징조가 나타난 건 그토록 애정을 가지고 꾸민 이층 거실이었다. 처음에는 베란다 외벽과 맞닿은 벽의 걸레받이를 따라 곰팡이가 올라왔다. 곰팡이는 락스와 곰팡이 제거제에 쉽게 닦여나갔다. 집주인은 간단한 외벽 방수 시공을 해주며 자주 환기를 해달라 당부했다. 그제야 집에 쓰인 저렴한 자재와 성의 없는 마감의 흔적이 눈에 띄었다. 나와 남편은 그때까지만 해도 번거롭지만 집의 다른 장점을 생각해 두 해만 잘 버티고 이사를 할 계획이었다. 심각한 오판이었다. 우리보다 늦게 입주한 옆집이 이사를 떠날 때 우리도 당장 다른 집을 알아보았어야만 했다. 폭우가 멎고 며칠이 지난 어느 날, 부엌 천장에서 찌그러진 타원형의 누렇고 희미한 얼룩이 발견됐다. 의자를 밟고 올라가 짚어보니 벽지가 습기를 머금고 있었다. 얼룩은 한 군데에서만 발견되지 않았고, 차츰 범위를 넓혀갔으며, 이내 천장 모서리에서 물에 푹

젖은 벽지 끝이 벗겨졌다. 이윽고 이층으로 가는 계단에 접한 벽에서는 물이 벽지를 타고 내려오기 시작했다. 그러는 동안 우리는 집주인에게 추가적인 방수 시공을 해줄 것을 읍소했지만, 집주인은 비가 그치고 외부 벽과 바닥이 다 마르기 전에는 시공 자체가 불가능하다고 답했다. 물먹은 벽지는 점점 더 무거워졌고, 남편은 네일 건을 쏘아 축 늘어져버린 벽지를 천장에 고정했다.

그해 장마는 실제로 유난히 길었다. 강우량도 많았지만 무엇보다 시도 때도 없이 폭우가 쏟아졌다. 이전에는 한 번도 비가 샌 적 없다는 집들도 비가 샜다. 그 집은 말할 것도 없었다. 천장에서 물방울이 떨어지기 시작했다. 신기하게도 정작 처음 곰팡이가 발견되었던 위층은 멀쩡했고, 아래층 천장에서만 물이 샜다. 그중에서도 부엌과

계단 부근이 심각했다. 빗물은 집요하게
방수 처리가 부실한 틈을 찾아내 집 안으로
스며들었다. 물방울이 스테인리스 양푼과
플라스틱 반찬 통으로 떨어지는 소리는
사람을 미치게 만들었다. 물받이용 그릇 안에
휴지나 수건을 두껍게 깔고 대단한 발견을
한 것처럼 좋아했지만, 이내 계단이 지나가는
일층 천장 가장자리 여기저기에서 물이 샜다.
연락을 할 때마다 해줄 것이 없어도 집을
방문하던 집주인은 어느 순간부터 최소한의
성의마저 포기한 듯했다. 반찬 통을 꺼내놓는
데에도 한계가 있었다. 우리는 고심 끝에
두꺼운 김장용 비닐을 적당한 기울기로
천장에 고정시킨 후 면으로 된 리본을 비닐
안쪽에 연결해 물이 떨어져야 할 대야까지
길게 늘어뜨렸고, 대야에 고인 더러운 물을
쏟아 버리며 그 긴 장마를 보냈다.

본격적으로 소설가의 꿈을 갖게 된 후에 간혹 비바람이 몰아치는 해변 근처의 낡은 모텔 방에서 몇 날 며칠이고 책을 읽으며 글을 쓰는 스스로의 모습을 떠올렸다. 상상의 근거는 코엔 형제의 1991년 영화 〈바톤 핑크Barton Fink〉였다. 나는 그 영화를 90년대 말, 혹은 2000년대 초반에 비디오 대여점에서 빌려 보았다. 문학에 별다른 관심이 없었고, 작가가 되는 일은 더더욱 생각조차 않은 시절이었다. 그렇다고 영화와 관련된 무언가를 하고 싶었던 것도 아니었는데 유독 영화를 많이 봤다. 《키노KINO》나 《씨네21》을 구독한 적도 없고 해외 영화제에 대해서도 아는 바가 없었지만, 사라져가는 마지막 비디오 키드 중 하나였음은 분명했다. 나는 독특하고 난해한 것에 대한 선호를 자신의 성숙함이라 착각하는 10대여서 괴팍하고

어두워 보이는 영화나 아무도 빌려가지 않을
것 같은 흑백영화를 과감하게 선택하기를
좋아했다. 그런 영화를 때때로 하루에 서너
편씩 빌려 가는 내게 대여점 사장은 관람 등급
연령을 무시할 수 있는 불법적 특권을 주었고,
그가 아니었다면 듣도 보도 못 했을 영화들을
추천해주기도 했다. 그는 내가 미래의 훌륭한
시네필로 성장하길 바랐는지도 모르겠지만,
그 청소년이 자신이 추천한 영화와 관련해
창작의 고통에 편집증적으로 변해가는
예술가만을 낭만적으로 기억하리라는 예상은
하지 않았을 것이다. 써지지 않는 시나리오,
접착제가 녹아 벗겨지는 낡은 호텔의 벽지,
그리고 덥고 끈적거리는 호텔 방의 벽에 걸린
액자 속 비현실적인 해변. 이해할 수 없는
상징과 은유는 매혹적인 이미지로만 남았다.
태풍이 가로수를 뿌리째 뽑아버리는 재난의

아름다움에 탄복하며 교실 창가에 기대
류이치 사카모토의 CD를 듣던 청소년기의
정서는 기억 속에 성장 없이 보존되어 있다가
아주 가끔 불쑥 얼굴을 내밀었다.

해변을 제외하면 모든 게 상상대로였다.
비바람이 몰아쳤고, 벽지가 흘러내렸고,
글을 쓸 수 없었고, 누군가를 초대하기도
민망해진 집 안에 틀어박혀 책을 읽거나
음악을 들었다. 그러나 내게 남아 있는
특정한 인상이 실제 영화 〈바톤 핑크〉 안에는
존재하지 않는 것처럼 실현된 현실에 낭만은
없었다. 실제로 성인이 되어 다시 본 영화는
할리우드 영화 제작 시스템에 대한 냉소와
조롱으로 가득하다. 해변이 있었다 해도 별반
다르지는 않았을 것이다. 비가 새는 집에서
소설을 쓸 수 없는 자신으로부터 과장된
패배감을 느끼며 내가 그제야 진정으로

바톤 핑크의 고통을 이해했다고 생각하지는
않았다. 문학장이라는 시스템이 나를 바톤
핑크처럼 만들어버렸다고 생각하지도 않았다.
그때의 머릿속에 바톤 핑크는 없다. 바톤
핑크를 떠올렸다면 일말의 희망이 남아
있는 기분이었을지도 모른다. 바톤 핑크를
떠올리는 일은 어디까지나 바톤 핑크에 대한
인식을 촉발할 것이기 때문이다. 바톤 핑크는
이 글을 쓰는 지금에야 눈앞에 나타났다.
미친 사람은 미친 사람에 대해 쓸 수 없다.
글쓰기의 고통 속에 있는 사람은 글쓰기의
고통에 대해 쓰기는커녕 글이 잘 써지지
않는다는 사실에 고통받느라 당최 글이라는
걸 쓸 수 없어서 고통받을 뿐이다. 앞의
문장은 이상하지만, 이 문장을 이보다 더
정확하게 쓸 수는 없을 것이다. 하물며 내게는
그러한 고통조차 없었다. 한없이 무감각했고,

앞으로 절대로 소설을 쓸 수 없으리라는
확신만이 팽배해갔다. 굳이 당시의 내게
고통이 있었다고 한다면 철저한 무감각 그
자체였을 뿐이다. 그러나 지금, 고통조차
무력화된 당시의 사정은 내가 쓰려는 글의
핵심이 아니다. 이 순간에도 나는 글쓰기라는
행위의 폭력성만을 거듭 생각하고 있다.
서술자는 늘 미래에 있다. 또한 쓰려는
대상의 바깥에 존재함으로써 대상과의 상호
지배력으로부터 벗어나 있다. 내가 지금 나의
과거를 향해 미치려는 힘이 그러하듯이. 내가
과거에 그보다 더 먼 과거를 그럴듯한 의미에
못 박아두고 흡족해했던 것처럼. 어쩌면
나는 조급함에 떨고 있는 것 같다. 지금 써
내려가고 있는 한때로부터 매 순간 더 먼
미래가 되어가고 있다는 두려움 때문에. 이
두려움이 나를 의미를 향해 떠밀어 여기에

존재할 수 없게 만들까 봐. 이미 그렇게 하고 있는 것일까 봐.

왜 장마가 지난 후에도 이사를 가지 않았는지는 잘 떠오르지 않는다. 그 집에 사는 동안 옆집에 들어왔다가 떠난 이웃의 수도 희미하다. 악화 일로로 치닫는 팬데믹이 불러온 무기력 때문이었을 수도 있고, 그로 인해 발생한 경제적 난관 때문이었을 수도 있다. 내가 기억하지 못하는 다른 이유가 있을 가능성도 있다. 짐작건대 그 모든 것이 복잡하게 얽혀 있었을 것이다. 장마가 지나고 날이 건조해지자마자 대대적인 방수 공사가 이루어졌다. 누렇게 얼룩지고 쭈글쭈글해진 벽지를 모두 뜯어낸 뒤 새 벽지를 발랐다. 그러고도 그해 겨울 폭설이 내린 뒤에 침대 머리맡 천장에 생긴 희미한 물 얼룩은 그 집을 떠나기 직전까지 조금씩 면적을 넓혀갔다. 다행히 비가 새는 일은 없었다. 새 얼룩이 생길 때마다 사진을 찍어 집주인에게 전송하기는 했지만, 지칠 대로 지친 우리는 집주인이 들여다보지 않는다고 해도 그런대로 만족했다. 가을은 순식간에 깊어졌다.

그 집의 가을을 떠올리면 오후 4시와 6시 사이의 극적인 기온차가 생생하다. 겨울보다 추운 가을이었다. 작업 방의 책상과 의자는 서쪽 창을 바라보고 있었다. 나는 글을 쓰지는 않았지만 책상에 앉아 책을 읽거나 멍하니 창밖의 지붕들을 바라보며 시간을 보냈다. 오후 4시쯤이면 서쪽 창을 통해 해가 집 안 깊숙이 들어왔다. 빛은 눈을 제대로 뜰 수 없을 만큼 강렬했다. 그 시간이 되면 읽던 책을 덮거나, 이층 거실로 나가 해를 등지고 앉은 채 펼쳐진 페이지 위로 드리운 내 그림자의 그늘 속에서나

글자를 읽을 수 있었다. 그 빛은 자연의 물리력이라기보다는 인위적으로 만들어낸 사물처럼 느껴졌다. 단단하고 묵직하며 부분적으로는 날카로운…… 무거운 도끼에 비할 수도 있을 것 같은 빛이 위력을 휘두르는 동안 보일러는 가동되지 않았다. 그러는 사이 바닥은 빠르게 식었고 태양이 물러나는 즉시 실내에는 냉기가 돌았다. 보일러가 다시 집을 덥히는 데까지는 두세 시간이 필요했다. 매일 그 시간이 오면 두꺼운 수면 양말을 신고 전기 히터를 켜거나 담요를 끌어다 덮지 않고는 추위를 버티기 어려웠다. 오후에 미리 보일러 온도를 높게 설정해놓으면 몇 시간 뒤 집은 찜통으로 변해버렸다. 그렇게 2020년 가을에 나는 이러지도 저러지도 못한 채 수시로 이불 속으로 기어 들어가 누웠다. 2020년 11월 14일이 오기 전까지는.

지금 책상 위에는 2021년 10월 29일에
발급받은 의무기록 사본 증명서가 놓여 있다.
2020년 11월 15일 오전 2시 1분부터 12월
23일까지의 병원 기록은 A4용지 100매에
달한다. 영상의학 소견서, 외래 초진 기록,
경과 기록, 입퇴원 기록과 17페이지에 달하는
심리평가 보고서 등이 담긴 기록의 네 번째
페이지에는 응급의료센터 기록지가 첨부되어
있다.

응급 센터 기록지 – 일반01

진료과 응급의학과

PROBLEM

hanging mark + DI 20봉지

S

MDD로 로컬 f/u
보호자 전일 8am 출근하여 특이소견
없었다고 하며 1:30 상기상태로 발견되어
내원함
로컬에서 취침 전 복용 처방약 20봉지
까져 있고 목에 scratch wound 보이며
옆에 스카프 놓여 있었다고 함
평소 음주하지 않으며 음주 흔적은
없었다고 함

PMHx:MDD

O

mental:stupor
neck에 scratch wound(+) LOM(-)

A

주진단명

구분	주진단명
1	drug intoxication

그 사건이 불러왔던 현실적이며 정서적인 고비에도 불구하고 2020년 11월 14일 토요일에 대한 감정은 이제 다소 무뎌졌다. 무뎌졌다는 단어가 그 경험으로부터 완전히 벗어났음을 의미하지는 않는다. 나는 그날의 사건으로부터 물리적인 거리를 갖게 되었으며, 그에 대한 나름의 해석을 얻었고, 그로 인한 변화들을 겪었다는 의미에 불과하다. 그 사실은 이 글의 가능성이자 불가능성이다. 나는 그 사건을 이 글을 통해, 그보다는 현재의 의식 아래 굴복시키지 않고 싶기 때문이다.

오전의 일들은 상세히 떠오르지 않는다. 당시 나는 팬데믹 이전에 비할 수 없을 만큼 대부분의 시간을 홀로 집에 머물렀다. 음향과 조명 대여업을 해온 남편의 회사는 사람이 모일 수 없게 되자 개점휴업 상태에 빠졌다. 남편은 자신의 스트레스를 관리하며 이에 대응할 방안을 찾는 데 골몰했다.

운이 나빴다. 결혼 전부터 내 만성적인 우울증에 대해 알고 있었던 그는 언제나 내 감정 변화를 섬세하게 관찰하려 노력하는 사람이었다. 팬데믹은 그에게서 나를 보살필 수 있는 정신적 자원을 앗아갔다. 이미 너무 많은 것을 책임져야 하는 반려자에게 짐이 되지는 않아야 했고, 전에 없이 자신만만했던 스스로가 한순간에 연유도 알 수 없는 무력감에 사로잡혔다는 수치스러운 감정의 변화를 들키고 싶지도 않았다. 나는 자신의 우울과 고통을 감추는 정교한 기술을 평생 연마한 사람이었다. 약물 처방과 심리 상담은 계속됐다. 지속적으로 상태를 모니터링하고 보고했지만, 전문가들도 내게 찾아온 위기의 심각성을 눈치채지 못했다. 그들은 내가 정직하게 죽고 싶다고 이야기하며 한 차례 극심한 우울로부터 주도적으로 벗어난 과정을 신뢰했다. 나는 내 수치심을 들키지 않기 위해 그 신뢰를 이용하는 것을 거리끼지 않았다. 상담사는 간혹 내게 교과서 속에 존재하는 내담자 같다고 말했다. 우수한 내담자는 수용적 태도로 스스로의 왜곡되고 고착화된 인식으로부터 빠르게 벗어난다. 나는 침착하고 논리적인 언어가 나를 속여왔다고 침착하고 논리적인 언어로 말했다. 이것도 지나가리라 믿고 있어요. 더 고질적이고 힘들었던 상황도 지나왔으니까요.

점심이 지나 세탁기를 돌리고 설거지를 했던 것을 어렴풋이 기억한다. 그 무렵에 나는 계단을 내려올 때면 정면에 보이는 이층의 나무 난간과 내 정수리 사이의 거리를 자주 가늠했다. 좁은 계단 폭이며 두꺼운 이층 바닥까지의 높이를 고려하면 목을 매달기엔 적당하지 않았지만, 목재로 된 원통형의 굵은 난간 살만이 내 몸을 끌어당기는 중력을 향해 자비 없이 저항할 수 있을 것처럼 보였다. 긴 시간 일상적인 자살사고와 함께 살아왔지만, 그토록 지속적으로 구체적인 시뮬레이션을 반복한 적은 없었다. 나는 그 사실을 누구에게도 말하지 않고서, 계단을 오르내릴 때마다 어깨로 미래에서 온 유령의 발을 떠받치고 있었다.

20대 초반, 처음 극심한 자살 충동을 느끼며 식칼을 들고 화장실로 들어갔던 일을 제외하면 아주 가벼운 신체적 자해도 시도한 적 없었다. 나이를 먹어가며 자신의 인생을 극적으로 미화하는 사람들을 혐오했고, 내 안의 격렬한 정신적 소요가 타인에게 영향을 미치지 않도록 주의했다.

만일 자살을 시도한다면 단 한 번에 끝낼
수 있을 때여야만 한다는 쓸모없는 신념의
기저에는 끝내 품위 있는 인간이고자 하는
강박이 자리 잡고 있었다. 삶이 불안정하게
느껴질수록 흐트러지거나 무너지면 안
된다는 내면의 엄격함도 강화되었다. 누군가
내게 죽고 싶다고 말할 때나 자신의 습관적
자해에 대해 털어놓을 때 나는 그런 말들이
내게 미치는 영향을 함구했다. 내심 그들이
나보다 약하다는 사실에 위안을 받았고, 그
연약함을 비웃었다. 상처를 받지 않은 것은
아니다. 나는 그들의 말과 행위가 위협적으로
느껴질수록 침묵했고, 위험한 상황에 놓인
사람들의 곁으로 달려감으로써 스스로를
더 위태로운 상태로 몰아갔다. 한 인간이
죽음을 대하는 태도가 정합성을 갖기란 거의
불가능한 일처럼 느껴진다. 나는 나의 실패를

용납할 수 없으면서도, 다른 모두의 실패를
간절히 원했다.

　　손가락 끝에서 쏟아지는 무능력한
사변들이 그날을 진술하는 일을 지연시킨다.
직업인으로서 소설가의 유능함은 비겁함을
얼마나 잘 감추는지에 달려 있는지도 모른다.
어떤 소설가는 자신의 이야기를 기술적으로
자신이 아닌 것과 뒤섞어버린다. 그런
은밀한 거짓이 하찮은 개인의 경험과 관점을
아름답고 충격적인 작품으로 탄생시킨다.
아니, 그것이 소설이다. 그러나 예술가가
되기를 바라는 소설가라면 때때로 그렇게
되지 않기 위해 싸워야 한다. 의미화된
스스로의 반영에 도취되려는 자신을 거부해야
한다. 트릭 없는 마술 쇼를 우스꽝스럽게
무대에 올려야 한다. 오로지 작가가 되기 위해
독자가 없는 것처럼 써야 한다. 박수도 야유도

외면도 없는 세계를 질주해야 한다. 계속해서 소설가이고자 한다면 누구나 언젠가는 소설을 쓴다는 행위에만 복종해야 한다. 그것은 자신이 쓴 소설의 첫 번째 독자가 되는 일인 동시에 쓰고 있는 것들에 대한 가장 혹독한 심문관이 되는 일이다. 일기장에도 쓸 수 없었던 것을 쓰기가 요구된다. 나는 진정으로 '나'를 드러내려는 욕망을 저지하며 '나'라는 허구를 해부하는 '나'가 되어야 한다.

지금부터는 2020년 11월 14일 토요일, 빛이 서쪽 향을 통해 거실 가장 깊숙한 곳까지 들어오는 시간에 내게 일어났던 일들에 대해 쓸 것이다. 그것은 의심할 것 없는 수동태의 사건이었다. 이 문장을 쓰자마자 몸이 뻣뻣해졌다. 이것은 내가 형언하기 어려운 심리적 고통에 사로잡힐 때마다 겪는 신체화 증상이다. 고열에 시달릴 때처럼 반사적으로

온몸에 힘이 들어가면 신체가 고밀도의
단단한 광물처럼 느껴진다. 곧 연약한 빈맥이
몰려올 것이다. 약이 필요하다. 잘된 일이다.
이 신체적 변화는 내가 그날에 대해 쓸
준비를 마쳤다는 의미이기 때문이다. 또한
나는 은밀하게 과거를 점령하려는 의식의
허위를 한 꺼풀 벗겨낸다. 그날에 대한 감정이
무뎌졌다는 앞선 진술은 이렇게 무마된다.

정좌불능은 불안장애로 인해 나타날
수 있는 다양한 증상 중 하나이다. 나는
불안감이나 스트레스가 일정 수준 이상이
되면 집 안을 배회하기 시작한다. 남편은 가끔
의자에 앉아 내가 집의 이쪽 끝에서 반대편
끝까지 몇 차례 오갔는지를 헤아린다. 약으로
증상을 가라앉힌 뒤에도 거의 습벽이 된
나머지 무언가를 깊이 생각하려면 집 안을
걸어 다녀야 할 지경이 됐다. 여하간 그것은

강아지들의 정형행동처럼 비의지적이다.

두 개 층을 끊임없이 오가던 나를 멈춰 세운

건 근력 운동을 해보겠다며 남편이 거실에

설치해놓은 가정용 치닝디핑 기구였다.

미관상 마음에 들지 않았던 그 운동기구에

턱걸이가 가능한 바가 달려 있다는 사실이

새삼스러웠다. 저절로 걸음이 멈췄다. 내 발은

창밖에서 밀려드는 오후의 햇빛과 집 안의

그윽한 그늘이 부드럽게 엉켜드는 경계를

밟고 서 있었다. 때가 왔음을 직감했다.

그간 정교하게 구상했던 수많은 자살

방법은 일순간 무의미해졌다. 나는 몇 번을

돌이켜보아도 믿기지 않을 만큼 침착했다.

동시에 머릿속에 떠오른 것을 당장 실행하지

않으면 절호의 기회를 잃을 것처럼 조급했다.

　2018년에 출간한 첫 작품집 《영의

기원》의 '작가의 말'에 소설을 쓰는 일에 대해

"유서를 쓰는 심정이었다"고 썼다. 같은 해 한 잡지에 수록한 짧은 에세이의 제목은 〈그것을 쓰고 나면 죽고 싶다 절대로 쓸 수 없을 것을 알기에〉였다. 2019년 《자동 피아노》에 수록한 작품 분량에 비해 과도하게 긴 '작가의 말'에는 "내가 더 이상 죽고 싶다는 생각을 하지 않게 됐다는 사실을 불현듯 깨달은 건 지난봄의 어느 날이었다"는 문장을 썼다. 한 시절의 습작기에는 진정 쓰고 싶은 작품을 완성하게 된다면 그 자리에서 곧장 죽어버릴 것 같은 기분에 사로잡히고는 했다. 어떤 위선이나 위악 없이 나의 우울과 고통, 그리고 잠재된 공격성을 적나라하게 표현하는 작품을 쓰고 싶다는 생각은 자못 심각하고 진지했다. 그러나 습작 기간이 길어지며 내게 그런 일은 일어나지 않으리라는 걸 알았다. 당연했다. 그것은 근사한 미신에 불과했을 뿐 아니라,

내가 그런 미신을 실현시킬 만한 위대한
작가가 될 수 없을 것임은 불 보듯 뻔했다.

　《자동 피아노》가 작가를 죽음에 이르게
할 정도의 작품까지는 아니라 해도 내게
전에 없던 해방감을 준 것만은 사실이었다.
과잉된 정신 활동과 자살사고에 시달리면서도
늘상 그 고통을 축소해 표현하려 했던
나는 그 소설을 완성하고 모종의 자유를
만끽했다. 그러나 더는 죽음에 압도되지 않은
채 무엇이든 쓸 수 있을 것 같았던 기대가
좌절되자 마치 최종의 목표에 너무 빨리
도달해버린 것 같은 공허함을 느꼈다. 물론
당시 내가 목격한 허방 같은 정신적 공간은
작가로서 계속 부정하려 했으나 완벽하게
떨쳐내지 못한 예술가의 비극적인 운명에
대한 환상에 가까웠을 것이다. 결론적으로
그것은 또 한 번의 우울삽화에 불과했다.

장기적인 약물 치료와 상담이 청소년 시기에
만들어진 외상 후 스트레스 장애를 치료하고
성장 과정에서 강화된 인지 왜곡에서 벗어날
수 있게 도와준 것은 분명했다. 직전의 높은
성취감이 도리어 익숙한 우울삽화를 아득한
심연으로 만들어버린 것이다. 중증도의
우울은 세계를 향한 시야각을 단번에
좁혀버린다. 닫히기 직전의 문을 열어젖힐
힘이 없는 사람의 시야에 들어온 세계는
언젠가 그가 상상할 수 있는 세계의 전부가
된다. 내가 깨달은 것은 거기까지였다. 열고
나온 방의 바깥에 또 다른 닫힌 문이 있으리라
예상하지 못했다.

　그 흉물스러운 기구 앞에 서 있던 시간은
길지 않았다. 나는 망설임 없이 이층 작업
방 책상 앞으로 가 앉았다. 한글 파일을
열고 빠르게 타이핑을 했다. 정리해야 할

금전 관계에 관한 것이었다. 첫 문단에는
계약금을 받은 출판사와 계약금의 액수,
담당자의 이름과 전화번호를 적었다. 이어
반성폭력운동을 함께했던 작가들과 활동비를
모아두었던 은행 계좌며 비밀번호, 그것을
관리해줄 동료 작가의 이름과 전화번호를
적었다. 쓸 수 없게 된 책들의 계약금을
반드시 돌려주고, 동료 작가들이 비상 상황을
위해 자발적으로 모아두었던 활동비가 제대로
쓰일 수 있도록 하는 것만이 내가 마지막까지
책임져야 할 일이었다. 몇 차례 유서를
써보려 시도했어도 완성을 한 적은 없었다.
매번 고작 한두 문장을 쓰고 지웠다. 써야 할
내용이 너무 많아 무엇부터 써야 할지를 정할
수조차 없었다. 내 정신적인 고통을 설명해야
했고, 상처받을 사람들에게 사과해야 했다.
머릿속에 난삽하게 흩어진 파편들은 정돈될

기미가 보이지 않았다. 그날은 달랐다.
가족이나 친구들이 받을 상처 따위는 고려의
대상조차 아니었다. 나를 사랑한 사람들이
지난 내 삶이 얼마나 지옥 같았는지를 알아야
할 필요도 없었다. 내 선택은 나만을 위한
것이었고, 나는 죽음 이후의 세계를 믿지
않았으며, 숨이 끊어지면 남아 있는 타인의
정념은 내게 아무런 영향을 미칠 수 없었다.
작성한 문서의 폰트를 크게 키워 화면 중앙에
열어놓았다.

　책의 도입부에 트리거 워닝을 넣는
것은 어떨까요. 《자동 피아노》의 편집을
마무리하던 중에 건넨 제안에 편집부는
신중했다. 우울과 불안에 시달리며 죽고
싶다는 목소리가 날것으로 쓰인 소설에
덧붙은 경고 문구가 작품의 완성도를 해칠
것을 우려했을지 모르며, 한편으로 직접적인

자해가 묘사되지 않으므로 경고가 필요할

정도의 수위가 아니라 여겼을지도 모른다.

하지만 나는 두려웠다. 그 책의 문장들이

죽음을 갈망하는 누군가에게 용기를 줄까 봐,

혹은 반복적으로 사랑하는 이들의 자해와

죽음에 노출되었던 누군가를 고통스러운 기억

속에 고립시킬까 봐. 그런 사람들이 있다는 걸

알고 있었다. 누구보다 내가 그런 사람이었기

때문이다. 나는 오랫동안 절실히 자신의

죽음을 바랐으며, 자살이 경우에 따라서는

가장 존엄한 죽음의 형식이라고 믿었음에도

타인의 예고된 자살 시도나 자해 앞에서는

패닉에 빠지기 일쑤였다. 자살을 운운하는

사람들의 목소리에 끌려다녔고, 그러는

사이에 내 내면은 다시 기울 수 없는 넝마처럼

변해갔다. 그 이중적인 태도 중 무엇이 더

진실한가를 논하는 것은 어리석다. 누군가를

살리고자 했던 마음이 내가 살고자 했다는
방증은 아니라는 뜻이다. 살아서 존재하는
동안에 우리에게는 죽은 자와 살아남은 자의
가능성이 동시에 부여된다. 죽음이 닥치기
직전까지 시소는 언제나 완벽한 평형이다.
그러므로 죽음에 대한 일관된 이해란
근본적으로 불가능하다.

　　나는 다시 아래층으로 내려와 옷방으로
향했다. 행어에 길고 질긴 간절기용 머플러
한 장이 걸려 있었다. 사시사철 가장 눈에
잘 띄는 자리에 걸려 있던 것일 뿐 별다른
의미는 없었다. 인디핑크 컬러의 머플러는
내게 잘 어울렸고, 그래서 낡고 보풀이
일어난 것을 몇 년째 수시로 두르거나 들고
다녔다. 나는 머플러로 매듭을 만들어 팔에
건 후 당겨보았다. 신축성 없는 소재는
제법 단단하게 팔을 조여왔다. 그다음에는

거실로 나가 치닝디핑 기구 상단부에 가로로
놓인 턱걸이용 바를 붙잡고 몸을 완전히
늘어뜨렸다. 남편이 운동을 할 때 무게중심을
잘못 실었다 싶으면 덜컹거리며 넘어질
것처럼 흔들리던 운동기구는 생각보다
안정적이었다. 무엇을 밟고 올라갔는지는
잘 기억이 나지 않는다. 이상하게도
그 순간의 기억은 부분적으로는 매우
강렬하고, 대부분은 희미하고, 머릿속에서
일어난 일들은 비교적 선명하다. 나는
성공적인 죽음을 도모하는 법을 제외하면
다른 무엇도 생각하지 않았다. 내가 나의
죽음을 시뮬레이션할 때마다 가장 주의
깊게 고민한 것은 누가 나의 시신을 처음
발견하게 할 것이냐의 문제였다. 그 문제는
자주 내 자살 충동을 실제로 무력화한
중대한 걸림돌이었다. 호텔 방 손잡이에

걸어두는 메시지 카드에 경찰이나 소방서에 신고해달라는 메모를 남길 수도, 적당한 시간 간격을 두고 신고가 갈 수 있게 가족에게 예약 메시지를 보낼 수도, 인적이 드문 장소를 찾아갈 수도 있었다. 가능한 한 내 시신을 처음으로 발견한 사람이 이러한 사고에 대처할 수 있는 경험이 있기를 바랐고, 그 죽음을 목격한 일이 그에게 심리적으로 치명적인 외상을 입히지 않기를 바랐다. 그러나 내가 싸구려 중국제 철봉에 매단 스카프의 매듭 속으로 머리를 들이미는 순간에 수백, 수천 번의 계획은 무용지물이었다. 아직 눈앞에서 세계가 지워지기도 전에 나는 완벽히 혼자였고, 타인에 대한 사랑과 배려는 물론이거니와 한 줌의 죄책감 역시 내 안에 남아 있지 않았다.

매듭을 더 높고 단단히 묶어야 했다.

머플러에 체중을 싣자마자 기구가 일시적으로
기우뚱거렸다. 완전히 앞으로 넘어지지는
않았지만, 다리를 다 뻗지 않았음에도 발이
땅에 닿았다. 이미 결정된 실패였으나
실패하고 싶지 않았다. 무릎을 굽히고
엄지발가락 끝으로 겨우 몸을 지지해 균형을
잡자 머플러는 서서히 내 목을 죄어왔다.
얼굴이 뜨겁게 팽창하는 것 같은 열감이
느껴졌다. 숨쉬기가 불편해졌고 머플러가
휘감은 목에 압통이 밀려왔다. 목숨을
끊는 일에 성공한 수많은 사람들의 죽음이
갖는 의미는 천차만별이다. 그중 대부분은
물리적으로는 자발적이었을지언정 그들이
진정으로 죽음을 원하지 않았으리라는
것도 안다. 그럼에도 그들은 공통적으로
초월적인 용기를 지닌 자들이다. 고통은
죽음의 피난처가 될 수 있지만, 죽음은 고통의

피난처가 될 수 없다. 의료적으로 허용된 소수의 죽음에 사용되는 약물을 제외하면 자살의 확실성은 고통의 크기에 비례해 보장된다. 죽음은 그가 벗어나고자 하는 고통보다 훨씬 큰 고통을 지불한 자에게만 주어진다. 의식이 희미해질 때까지 밀려오는 고통을 견뎌야 했다. 나는 갈수록 명료한 언어로 생각하고 있었다. 한 번 실패하면 두 번은 불가능할 것이다. 그러나 내 의지를 거스르는 두 발이 나를 일으켜 세우려는 순간 매끄러운 재질의 머플러는 체중을 감당하지 못해 풀어졌고, 내 몸은 그대로 거실 바닥을 향해 기울었다.

세상의 모든 소설가가 한 번쯤 자신의 인생을 받아 적기만 해도 대단한 소설이 되리라는 말을 듣는다. 실제로 그런 말을 하는 사람들이 털어놓는 경험에는 삶의

온갖 희로애락이, 극적인 드라마가 담겨
있다. 삶의 실재는 언제나 허구를 압도한다.
하지만 소설가들은 그들의 이야기가 소설이
된다면 얼마나 형편없을지를 안다. 복잡하게
설명할 필요가 없다. 모든 소설가가 자신의
이야기를 소설로 써보라는 요청을 들었다는
사실만을 상기하면 된다. 그래서 소설가는
누구보다 자기 인생을 드러내 보이는 것에
관심이 없다. 소설은 이야기가 아니라
형식이기 때문이다. 그럼에도 어떤 소설가는
자신의 이야기를 쓴다. 작가 자신의 경험일
것이 빤히 보이는 이야기를 쓰고, 때로는
실제로 겪은 일임을 노골적으로 말하면서
뻔뻔하게 소설이라는 꼬리표를 달아 세상에
내놓는다. 일기나 자서전이라고 해도 무방할
텍스트를 굳이 소설로 부른다. 왜냐하면
그들이 그것을 일기나 자서전이라고 부르는

순간, 그 텍스트는 외부에 의해 침범당할
수 없는 진정성을 저절로 획득할 것이기
때문이다. 독자는 특정한 경험의 확고부동한
주체를 상상하고, 그에게 일어난 희비극에
인간적 연민을 느낄 것이다. 그러나 소설가가
원하는 것은 연민이 아니다. 그러한 소설들의
진정성은 실제로 벌어진 일들로부터 발견한
메시지와 무관하게 자신의 인생이라고
믿어왔던 것이 사후적으로 재구성된 허구임을
발견하는 순간에만 획득된다. 바로 그때
소설이 아닐 수도 있는 것을 소설이라 부르는
것 또한 하나의 소설적 형식이 된다.

　　눈을 뜨자마자 현기증이 일었다. 몸이
별안간 앞으로 쏠린 직후의 상황이 머릿속에
남아 있지 않았다. 바닥은 차가웠다. 뺨에
느껴지는 한기로 어지러움을 가라앉히자 차차
시야가 밝아졌다. 햇빛은 어느새 서쪽으로

한발 물러나 있었다. 그제야 내가 잠시 정신을
잃었음을 깨달았다. 몸을 일으키자 고된
산행 다음 날 아침처럼 묵직한 근육통이
찾아왔다. 잠시 귀신이라도 들렸던 것 같았다.
방금 내게 일어났고, 내가 행한 모든 일들을
실제라고 믿을 수 없었다. 고개를 들어 철봉을
올려다봤다. 철봉은 비어 있었고, 머플러는
내 목에 엉성하게 감겨 있었다. 언젠가
죽기로 결심한다면 실패하지 않겠다는 오랜
결의 외에 망가진 것은 아무것도 없었다.
나는 통증을 견디며 자리를 털고 일어났다.
작성한 문서만 삭제하면 오후의 햇빛이
성인 한 사람의 키만큼 짧아지는 동안에
벌어진 일을 들키지 않을 수 있었다. 황급히
계단으로 향하던 나는 문득 현관 중문에
어렴풋이 비친 나와 어색하게 마주 섰다.
스커트가 달린 낡은 레깅스에 목이 늘어나

실내복으로만 입는 티셔츠를 입고 오래전에 구제로 구매한 니트 카디건을 걸치고 있는 모습에 헛웃음이 났다. 밀레이의 그림 속 오필리아일 수는 없어도 단정한 모습이기는 해야 했던 것이 아닐까. 나는 꽤 오랫동안 희미한 자신의 형상에 붙들려 있었다. 곧 눈물이 쏟아졌다. 목에 팬 어두운 그림자가 나이를 먹으며 차츰 선명해진 주름이 아닌 것은 확실했다. 화장실의 잘 닦인 거울 앞으로 달려갔다. 검붉은 멍과 찰과상이 목을 횡으로 가로지르고 있었다. 나는 내 시도가 잠깐의 실신으로 싱겁게 끝났다는 사실에 감사하거나 좌절하지 않았다. 그저 그 사건을 내 머릿속에만 존재했던 다른 수많은 상상의 상태로, 되돌릴 수 있는 비밀스러운 해프닝으로 남겨둘 수 있으리라 순진하게 믿었던 것이다. 나는 공식적으로 자살 시도를

한 사람이 됐음을 받아들여야 했다. 자살
시도라는 표현은 거창했다. 죽지 않았으므로,
내가 저지른 것은 자해였다. 자살이 실패로
돌아가 자해가 되었으니 살아서 그 행위로
인해 상처받은 사람들의 얼굴을 대면하며
살아가야만 했다. 그것은 내가 반드시 한 번에
죽고 말리라 다짐해온 이유 중 하나였다.
소매 끝으로 거울에 비친 상처를 몇 번인가
닦아냈다. 고개를 숙여 확인할 수 없는
상처가 거울 안에만 존재하기를 바랐다.
그러나 오히려 정전기가 일어난 카디건에서
떨어져 나온 보푸라기들로 거울은 조금씩
더러워지기만 했다. 절대로 돌이킬 수 없는
패배자가 되었다는 감정을, 그제야 처음으로
알게 됐다. 의아했다, 나의 무지가.
　　일반적으로 신경정신과에서 처방하는
약물은 안전하며, 성공한 자살의 조력자가

되기는커녕 실패한 시도의 이력만을 남길
것이다. 그 사실을 알고 있었으니 내가 다시
자살을 시도했다고 볼 수는 없다. 소량의
약이 남거나 약을 변경했을 때 모아두었던
저녁 약은 남편이 쓰레기통에서 발견해
병원으로 가져간 것과는 달리 정확히
스물일곱 봉이었다. 나를 치명상에 이르게
할 거라 기대할 수 없는 용량이었다. 약은
기껏해야 실패에 대한 책임으로부터 잠시
달아날 수 있게 도울 수 있을 뿐이었다. 첫
작품집에 실었던 한 편의 소설을 떠올렸다.
주인공은 다량의 수면제를 처방받아 모아두는
습관을 가진 가톨릭 사제였다. 두 번이나
가본 적 없이 소설의 배경으로 썼던 장소에
소설을 쓴 뒤에 방문할 기회가 생겼던 일도
떠올랐다. 예술가연하며 방탕한 자들에게
인생으로 소설 쓸 생각 하지 말라 일갈했던

오래전의 문장도 뇌리를 스쳤다. 약봉지를 뜯는 짧은 시간 동안 꼬리를 문 생각의 끝에 남은 것은 부끄러움뿐이었다. 눈물의 이유를 한 가닥씩 구분해낼 수 없지만, 분명한 것은 부끄러움이야말로 내가 가졌던 온갖 불안, 바닥없는 우울, 끝없는 죽음의 열망보다 오랫동안 강력하게 나를 속박한 감정이었다는 사실이다. 미지근한 물로 약을 모두 넘긴 후에는 무언가 해야 할 일이 남아 있기라도 한 것처럼 부엌과 거실을 배회했지만, 충분한 마음의 준비를 할 새도 없이 몸을 가누기 어려울 정도로 눈앞이 아득해졌다. 비틀거리며 침실로 가 그대로 침대 위에 쓰러졌다. 부쩍 공기가 차가워진 것이 느껴졌으나 이불을 당겨 덮을 여력이 없었다. 나는 힘겹게 무거워진 두 다리를 침대 안쪽으로 끌어다 놓았다. 지독했던 불면의

밤들에 대한 보상에는 일말의 아늑함도 포함되어 있지 않았다. 나는 의식을 잃어가고 있음을 인지하지 못한 채 의식을 잃었다.

트리거 워닝에 대해서는 신중한 입장이었던 편집부는 《자동 피아노》에 에세이 분량의 '작가의 말'을 수록하자는 의견에는 흔쾌히 동의했다. 당시의 나는 정말로 스스로의 죽음을 생각하지 않았다. 도무지 벌어지리라 기대하지 않았던 문틈으로 본 것들이 훨씬 거대한 풍경의 일부였음을 매일 깨달았다. 책을 묶기 시작할 무렵에는 작품을 연재하던 시절의 내가 낯설기까지 했다. 난폭한 우울과 사나운 고통에도 파괴되지 않은 스스로의 강한 인내심, 쾌활하고 다정한 마음을 존중할 수 있었다. 모든 문장은 어느 때보다 진솔했다. 문제는 그 정직함이 두려움에서 비롯되었다는 점이었다. 한때

타인의 유서와 자해의 상흔은 내 숨통을
틀어막고 몸을 얼어붙게 만들었으며, 때로는
죽음 충동을 부추기기까지 했다. 나는 내
작품이 누군가의 내면뿐 아니라 그의 목숨을
위협할 수도 있다는 가능성을 우려했다.
사회적으로 공유되는 삶과 문학에 대한
윤리적 감각 또한 빠르게 변하던 시기였다.
그 변화는 증상에 가까운 분열과 혼란을
그대로 받아쓴 소설을 세상에 내보일 용기를
주었지만, 문학이라는 허구가 현실의 실존을
위협할 수 있다는 공포를 함께 몰고 왔다.
'작가의 말'은 소극적인 타협이었다. 고작
'작가의 말' 따위가 이미 완성된 작품의
완결성을 훼손할 수 있을 리 없었다. 작품을
안전지대에 머물도록 하는 선택이 비겁하다는
것은 알고 있었다. 다만 그 선택이 하나를
얻기 위해 모든 것을 내어주는 협상이 될 수도

있음을 미처 내다보지 못했다.

　　11월 15일 자정을 넘겨 남편은 냉골이
되어 있는 거실에 들어섰다. 나는 거실 창을
활짝 열어둔 채 환한 형광등 불빛 속에서
현관을 향해 등을 보이고 누워 있었다. 창문을
열어놓고 깜빡 잠들었으리라는 판단이
틀렸다는 걸 깨닫기까지 얼마의 시간이
소요되었으며 그사이에 그가 어떤 감정을
느꼈는지에 대해서는 몇 번이나 청해 들은
지금도 아무런 이해에 도달하지 못했다.
그저 그의 반복된 서술을 근거 삼아 당시의
풍경을 건조하게 그려볼 따름이다. 그가
잠든 아내를 깨우려 다가갔을 때, 내 왼쪽
신체 절반은 부패한 시신처럼 검푸르게 변해
있었다. 호흡을 확인하고 몸을 살피던 중에
손이 축축해졌다. 하반신 주변이 소변으로
흥건했다. 기도를 열어주려 몸을 돌려 뉘자

목을 횡단하는 상처가 드러났다. 그뿐이다. 오후의 짧고 강렬한 빛이 집을 빠져나가던 순간과 그가 온기 없는 마루에 주저앉아 구급차를 기다리던 시간 사이에 벌어진 일들은 누구도 끝내 알 수 없게 되었다.

이미 약물이 모두 소화 흡수 된 몸에 의료진이 당장 해줄 수 있는 조치는 수액 처치뿐이었다. 그는 절차상 일시적으로 용의선상에 놓여 병원으로 찾아온 경찰의 조사를 받았다. 동행한 구급대원은 계속 병원에 머물렀고, 그녀가 사건의 정황을 상세히 설명해준 덕분에 그는 조사를 빠르게 마칠 수 있었다. 그러는 사이에 내 의식도 회복되었다. 나는 결박된 손목과 발목의 통증을 호소하며 몸부림치기 시작했다. 나를 묶은 것은 몸부림이 거세질수록 점점 더 세게 관절을 조여왔다. 작은 톱날이 손목과

발목을 썰어대는 것 같은 고통이었다. 눈을
뜰 수 없었고, 의료진의 목소리는 의미를
파악할 수 없는 거대한 소음으로만 느껴졌다.
나는 다시 의식을 잃었다. 의식이 돌아오면
다시 몸부림쳤고, 또다시 의식을 잃었다.
이튿날 오후가 되어서야 내과 병실로
옮겨진 후 닷새의 입원 기간 중 이틀 이상
잠들어 있었으며, 간헐적으로 깨어나기는
했지만 대부분의 상황을 기억하지 못한다.
의료진은 남편에게 나를 믿지 말 것을 거듭
조언하며 폐쇄병동 입원을 강력히 권고했다.
의식을 찾은 후에는 병원 내 상주하는
자살예방센터의 직원이 수시로 나를 만나기
위해 찾아왔고 그 역시 입원을 권했다. 퇴원
후에는 집에서 일주일의 시간을 보냈다.
그사이에 남편은 딱 20분을 제외하고 매
순간 내 곁에 머물렀다. 나는 자발적으로

폐쇄병동 입원을 결정했고 한 달 동안 신경정신과 병동에 입원했다. 매일 상담을 했던 주치의가 내게 물었다. 폐쇄병동에 입원한 지 아흐레가 되는 날이었다. 언제부터 이렇게 자기객관화가 잘되는 분이셨어요? 나는 답했다. 그게 아무래도 제 병을 만든 것 같아요. 그는 이튿날 처음의 계획보다 훨씬 빨리 나를 일반병동으로 이전시켰다.

병원에서의 일들은 여러모로 흥미진진한 모험이었지만, 이 이야기에 기여할 부분은 없다. 나는 매일 상담을 받고, 상처를 드레싱하고, 돌연 발병한 이석증을 치료받았으며, 규칙적이고 모범적으로 생활했다. 가장 소중한 친구의 결혼식 전에 퇴원 허락을 받기 위해서였다. 그녀는 의식불명에 빠진 나를 발견한 직후 남편이 손을 떨며 전화한 첫 번째 사람이었다. 결혼식

증인을 서기로 했던 약속을 저버린 내게
그녀는 모바일 청첩장을 보내며 내가 그것을
받아 보는 첫 번째 사람이라고 했다. 퇴원 후
고작 나흘 만에 성당의 혼배미사에 참석한
나는 아무 일도 없던 사람처럼 내내 웃었고,
진심으로 두 사람의 행복을 비는 인터뷰를
했다. 오래된 성당은 죄를 고하기에 좋은
장소였으나 나는 끝내 묵상하지 않았다.

회복은 최초의 예상만큼은 더디지
않았다. 피부과적 시술이 필요할지도
모른다던 목의 상처는 목이 드러나는 옷을
입는 계절이 오기 전에 모두 아물었다.
그리고 완전한 패배가 무색하게 나는 다시
책상 앞으로 돌아가 소설을 썼다. 일상은
크게 달라지지 않았다. 그날의 사건이 만든
균열은 아무것도 무너뜨리지 못했으나
완전히 봉합될 수 없는 것이었고, 삶의 다른

균열들처럼 어느 순간 그것을 무심하게 여길 수도 있었다. 터무니없이 긴 '작가의 말'이 자주 떠오르며 나를 괴롭히기 시작한 것도 그쯤이었다. 한동안 나는 그 불편한 감정의 원인이 죽고 싶지 않다는 섣부른 선언을 해버린 탓이라고만 생각했다. 결과적으로 거짓말쟁이가 되어버렸기 때문이다. 하지만 고초를 겪은 남편에게도 사과하지 않았을 만큼 내가 그 일을 정신 질환에 의한 비의지적인 사고로 여긴 것에 비추어보면 납득되는 이유는 아니었다. 나는 답을 찾지 못한 채《자동 피아노》가 불러일으키는 혼란을 얼마간 외면했다. 겪고 지나가야만 하는 일도 있죠. 어느 날 진료를 보던 담당의가 내 말에 한 답변이다. 그제야 내가 오랫동안 그 사건에 대해 말할 때마다 "겪지 않았다면 좋았을 일"이라고 부연해왔다는 걸 깨달았다. 그는 언제나처럼 아주 흐릿한 미소를 품은 표정으로 건조하게 말을 건넸다. 나는 그 앞에서는 포커페이스를 유지하려 애썼지만, 병원을 빠져나온 뒤에는 한참 동안 차의 시동을 걸 수 없었다.

내가 직면한 것은 다름 아닌 자신을 착취하듯 써 내려갔던 소설의 가치를 스스로 부정해버렸다는 사실이었다. 일관성 없고 모순으로 가득 찬 비명 같은 장광설이 한 편의 소설일 수 있었던 이유는 명백했다. 나는 심리적 고통을 겪고 있는 인간의 우울, 불안, 분열과 혼란이 논리적으로 그렇지 않은 누군가를 설득하기를 바라지 않았다. 《자동 피아노》의 형식을 통해 그 정신 활동을 재현하고자 했다. 그 소설의 언어는 아무런 설명 없이 독자에게 전달되어야 했고, 그것을 낱낱이 들여다본 후에도 도저히 납득할 수 없는 시선이 있다면 그대로 남겨져야만 했다.
철저히 비난받거나 웃음거리가 된다 하더라도
그 속에서 획득한 삶의 진실을 소설이라는
형식 속에 간직해야 했다. 그러나 누군가는 그
책이 '작가의 말'과 함께 읽어야 완성된다고
했고, 다른 누군가는 '작가의 말'을 읽고서야
그 책을 이해했다고 했다. 작가가 더 이상
죽음을 생각하지 않게 되어 다행이라고도
했다. 그들은 혼잡한 내면의 주인공이 아니라
저자의 내면에 온정을 베풀었다. 그렇게
'작가의 말'은 물성을 가진 책으로서 《자동
피아노》를 소설이 아닌 것으로 변모시켰다.
무엇보다 더는 죽음을 생각하지 않는 나를
고백하는 일은 결국 내가 소설 속에 재현한
세계에 가장 배타적인 행위에 다름없었다.
"평생 변하지 않는대도 괜찮다. 그러나 절대로
변할 수 없는 것은 없다"는 문장은 내가

과거에 했던 경험들을 통해 구성한 문학적
진실을 가능하다면 벗어나야 할 대상으로
전락시켰다. 있는 그대로 수용하기 위해
전력했던 진실을 부정하는 일은 비단 나의
과거를 향한 폭압적 지배 행위였을 뿐 아니라,
소설에 재현하고자 했던 세계를 목격하고
살아가는 누군가에 대한 은밀한 혐오였다.
내가 아름답다고 느낀 모든 소설은 언제나
내가 가진 무언가를 할퀴고, 찢고, 찌르고
지나갔다. 의미의 그물에 온전히 걸려드는
유순한 생물이 아니었다. 과거형으로 쓰인
문장들조차 매 순간 현재이기를 얼마나
끔찍이 바랐던가. 나는 그 소설의 유일한
위험을 감당하지 않으려 했고, 결과적으로
내가 그 소설을 통해 옹호하고자 했던 가치를
짓밟고야 말았다. 허구란 현실을 재구성하는
일이며, 재구성이란 원본의 파괴 없이는

불가능한 일이다. 위험을 감수하지 않는 허구는 허구로서 존재의 의미를 상실하고, 그것이야말로 허구의 위험이다. 치욕적인 깨달음은 줄곧 나를 위축시켰다. 그리고 이제 나는 그 사실을 고백하지 않고서는 견딜 수 없다.

우리는 내게 벌어진 사고로부터 두 해를 넘긴 봄에야 그 집을 떠났다. 그 기간에 남편이 결혼 전부터 사무실에서 키우던 세 마리의 고양이를 집으로 데려올 것을 결심했다. 고양이들을 돌보고 있자면 천장에 번져가는 얼룩들에 집중하지 않을 수 있었다. 그중 한 마리를 그 집에서 떠나보냈을 때도 우리는 추호도 그 죽음을 집과 연관 지어 생각하지 않았다. 이사 당일 남아 있는 두 마리의 고양이를 데리고 호텔에 가 소설을 쓰던 나는 남편이 보낸 사진 한 장을 받았다.

네 개의 책장으로 둘러싸여 있던 서재의
사진이었다. 책장을 빼낸 벽은 온통 시커먼
곰팡이로 뒤덮여 있었다. 책장 뒷면 일부는
곰팡이로 인해 썩어가는 중이었다. 그 방은
곰팡이가 처음 생겼던 집의 외벽으로부터
가장 먼 곳에 있었고, 바로 옆에 붙어 있는
작업 방에서는 곰팡이가 발견되었던 적도
없었다. 장마가 길었던 첫해 여름부터
꾸준히 창궐한 곰팡이의 포자가 가득했을
방에서 홀로 낮잠 자기를 좋아했던 고양이가
여기저기 털이 벗겨진 채 호기심 가득한
눈으로 호텔 방을 서성이고 있었다. 끔찍했다.
아무리 약을 먹이고 소독을 해도 완전히 나을
기미가 보이지 않았던 고양이들의 피부병은
창밖으로 나무가 울창해 쨍한 빛은 잘 들지
않지만 비가 새지도 않는 새로운 집에서야
깨끗하게 나았다.

나는 가능하면 그 집에 대해 생각하지

않으려 애썼는데, 놀랍게도 그 시기 겪은

사건에 비해 집의 세부를 떠올리게 되는

일은 흔치 않았다. 다만 그곳에서 시작된

저주는 끝나지 않은 모양이었다. 처음 그

집에 들어섰을 때의 기대가 그러했듯, 집을

떠나오며 품은 기대 또한 간단히 시들었다.

그해 가을이 되자 견디기 어려운 우울이

시작됐다. 그것은 겨울이 깊어질 무렵이 되자

나아졌고, 이듬해 가을에 다시 시작되었다.

예측하고 마음의 대비를 해도 가을이 되면

덮쳐오는 정신통을 통제할 수 있는 방법은

일시적인 약의 증량뿐이며, 약도 정신을

쾌적하게 만들어주지는 않았다. 곧 남은

두 마리의 고양이가 노환으로 우리의 곁을

떠났다. 저주가 아니라는 걸 안다. 하지만

저주라는 단어를 사용하지 않고 이 모든 걸

어떻게 설명해야 할지 모르겠다.

언젠가 남편에게 병원 응급실에서 내 팔목과 발목을 묶고 있던 것이 무엇인지를 물었다. 그에 따르면 만일에 대비해 압박용 밴드를 느슨하게 걸어놓았을 뿐 나는 결박되어 있지 않았다고 했다. 몸을 비틀며 피부를 파고드는 끈을 풀어달라 간청했다는 내 기억은 남편이 목격한 실제 상황에 부합하지 않았다. 의료진은 어차피 내가 팔다리를 전혀 움직일 수 없으리라 장담했다. 결박이 필요하지 않았던 것이다. 타인의 증언이 가능한 객관적 사실은 오로지 나의 비명뿐이다. 내가 몸부림칠수록 나를 죄어오던 결박의 고통을 의학적인 언어로 정의할 수는 있겠지만, 그것의 실감은 어느 불길한 집의 저주처럼 내 신체에만 온전한 기억으로 남을 것이다. 실재하는 허구, 허구속의 실재로서.

　나는 일상적인 자살사고로부터
벗어났지만, 죽음은 여전히 발밑의 그림자
속에 숨어 내 곁을 따라다닌다. 나는 나의
병을 살해하고 싶을 만큼 증오하고, 또한 그
병을 과시하고 싶을 만큼 사랑한다. 이것은
내 부끄러움에 관한 소설이다. 내가 모욕한
것들을 취소할 수 없게 하는 소설이며,
나를 안전한 장소로 물러설 수 없게 하는
소설이다. 소설 속의 위험을 소설 밖의
목소리로 지배하려 했으므로, 소설 밖의
목소리를 소설 속에 들여와 지배에 맞서려는
소설이다. 소설이 되지 않을 것을 감행하는
도전이며, 도달할 수 없는 실패에 도달하지
못하는 과정이다. 여기에는 어떠한 약속이나
다짐도 없다. 희망도 절망도 없다. 내가 쓸 수
없으리라 생각했던 소설을 여전히 쓰지 못한

채 계속해서 소설을 쓰고 있는 현재가 있을 뿐이다. 그리고 지금, 이것을 축축하고 음울한 한 편의 고딕소설이라 부르는 것도 가능하다.

작가의 말

2024년 7월 5일 저녁, 나는 예술의전당 콘서트홀 객석에 앉아 있었다. 오전에 발인이 있었다. 긴 투병 없이 아흔이 넘어 운명하신 고인은 나와 아주 가깝지는 않았지만 복잡한 이유로 사흘장을 치르는 동안 빈소를 지켜야 했다. 약속을 이틀 연달아 잡기를 피할 정도로 체력이 턱없이 부족한 내가 그곳에 앉아 있는 건 기적이나 마찬가지였다. 기적을 일으킨 건 피아니스트 김선욱의 솔로 리사이틀이다.

내가 삶의 에너지를 회복하는 방법은
휴양과 클래식 연주회에 가는 것이다.
휴양을 에너지원으로 삼게 된 건 소설가가
된 이후의 일인데, 실상 휴양의 진짜
목적은 자유로운 독서다. 작품을 발표하기
시작하면서 일상적인 독서가 자꾸만 글쓰기와
연관되어 순전한 독서의 기쁨이라는 걸
느낄 심리적 여유가 줄어들었다. 그런
곤경을 느끼던 중에 우연히 휴양지에서의
독서가 주는 즐거움을 발견했던 것이다.
팬데믹 직전까지 나는 해마다 두 차례 이상
가방에 책을 잔뜩 쓸어 담아 휴양을 떠났다.
어지간해서는 노트북이나 짧은 교정지도
가져가지 않았다. 조식을 꼬박꼬박 챙겨
먹으며 규칙적으로 생활하고, 파도치는
소리가 들리는 수영장이나 해변의 선베드에
자리를 잡는다. 그러고는 해가 질 때까지

작은 파라솔이 만드는 그늘을 따라 조금씩
자세를 바꿔 앉으며 온종일 책을 읽는다.
그럴 때면 놀랍게도 써야 한다는 강박에서
놓여날 수 있었다. 노트북으로는 작업을
하지 못하는 것과 비슷한 이유 때문인지도
모르겠다. 불가피한 경우가 아니라면 집에
있는 커다란 모니터 앞에 앉아서만 글을 쓴다.
나는 노트북의 작은 모니터가 내 정신세계의
범위를 축소하고 한계 짓는 느낌에
사로잡힌다. 태양 아래서 빛나는 바다는
아득히 크고, 순환하는 물의 움직임은 영원할
것 같다. 그런 장소에서 나는 내가 도달해야
할 곳이 어딘지 가늠하지 않고 읽을 수 있고,
목적 없는 독서가 주는 힘을 온전히 받아들일
수 있다. 쓰임을 고려하지 않은 지적인 활동은
나를 지치게 만들기는커녕 쾌락적인 각성
상태로 만들어놓는다. 나는 잠깐씩 열기를

식히기 위해 물에서 헤엄치고, 익숙하지
않은 활발한 신체 활동에 지쳐 평소에는 잘
찾아오지 않는 깊은 잠에 빠진다.

클래식 연주에서 에너지를 얻은 건 훨씬
오래됐다. 그간 소설에 서양 클래식 음악
용어나 작곡가 등을 등장시키는 바람에 내가
굉장한 클래식 음악 애호가라고 생각하는
사람들을 만난 적이 있다. 일반적으로
통용되는 애호가의 정의에 지식이 포함된다면
아마 나는 거기에 속하지 않을 것이다. 나는
연주를 듣자마자 악곡 번호를 알아맞힐
만큼 방대한 지식을 갖추고 있지 않고, 어떤
연주자의 어떤 음반이 역사적으로 훌륭한가
하는 정보도 잘 알지 못한다. 관심이 없다고
하는 편이 맞을 것이다. 내게 중요한 건
현장성이다. 갓 스무 살이 되었을 때부터

수년 동안 지금은 '더하우스콘서트'라고
불리는 소규모 클래식 연주회장에서 자잘한
일을 돕는 대신에 무료로 연주를 들었다.
진지하게 음악에 빠져드는 어리고 가난한
학생이 시혜적인 배려를 받는다는 기분
없이 마음껏 음악을 듣게 도와준 어른들이
있었고, 그 어른들은 하우스 콘서트뿐
아니라 내가 차마 엄두도 낼 수 없는 값비싼
공연을 좋은 자리에서 볼 기회를 무한정
베풀어주었다. 클래식 음악이 얼마나 나를
정서적으로 고양시키고, 그것이 내 삶의
동력이 되는지를, 나는 방대한 지식이나
위대한 음반들이 아니라 연주회장이라는
현장에서 깨달았던 것이다. 텔레비전에
아름다운 해변 영상을 틀어놓고 선베드에
누워 책을 읽는 것이 휴양의 경험을 대체할
수 없듯이, 연주회장이라는 공간의 현장성이

삭제된 클래식 음악에서 내가 취할 수 있는 것은 생각보다 많지 않다. 그래서인지 점점 공연장 밖에서는 음악을 잘 듣지 않는다. 운전을 할 때도 음악보다는 팟캐스트를 듣는 걸 더 좋아한다. 대신 한정된 예산과 시간을 쪼개서 어떻게든 연주회장에 간다. 체력의 한계로 많은 것에 도전하기를 포기하거나 취소하지만, 예매해둔 연주회에 가지 않은 것은 손에 꼽을 정도다. 자리에 앉아 작은 소음조차 내지 않으려 애쓰며 연주를 듣는 동안에, 나는 어느 때보다 살아 있다고 느낀다. 내가 왜 존재해야 하는지 묻지 않고, 그저 내가 존재하고 있다는 사실을 실감한다.

왜 하필 서양 클래식 연주인가에 대해 생각했던 적이 있다. 해박한 지식이 있는 것도 아니고, 음악에 빠져 사는 것도 아니면서,

굳이 클래식 연주를 듣기 위해 시간을
내는 건 허영 아닌가. 사실 이건 쓸데없는
질문이기는 하다. 뭘 정말 잘 알아야만 즐길
자격이 주어진다는 생각이야말로 허영이니까.
더욱이 공연의 스태프로도 오래 일해온 나는
아무리 어렵고 낯선 음악이라 해도 정말로
뛰어난 연주 앞에서 관객의 부족한 지식이나
무관심은 아무런 장벽이 될 수 없다는 것도
안다. 하지만 멍청한 질문을 하는 게 작가인
것 같다. 우문현답이라는 말이 있지 않은가.
멍청한 질문에 멍청한 답변만이 가능한
것이 아니고, 또 멍청한 질문 없이는 영영
해볼 기회가 없는 답변도 있을 테니까. 사실
나는 클래식 음악의 어려움을 좋아한다.
내가 말하는 어려움은 서양음악의 역사나
화성학 같은 이론을 공부하고, 악기 하나를
꽤 그럴듯하게 연주할 줄 알면 해소되는

어려움과는 무관하다. 이것은 차라리 음악이라는 예술 형식의 본질에 가깝다. 극단적으로 추상화된 언어는 비언어적이다. 음악은 꽤 엄격한 기술과 이론적인 규칙에 따라 정교하게 만들어지지만 그 의미를 언어화하기란 불가능하다. 그런 음악적 복잡함이 가장 극단적으로 표현되어 있는 것이 서양 클래식 음악이다. 분명한 규칙이 있으나 그 규칙의 의미를 파악할 수 없는 세계는 마치 커다란 인공의 바다 같다. 목적 없는 기표, 영원한 난해, 합의될 수 없는 정서 속에서 하염없이 획득할 수 없는 깨달음을 구할 때의 자유.

그런 이유로 음악은 때로 가장 실재에 가까운 예술 형식으로 여겨지고, 어떤 실험적인 문학가들은 음악의 그러한 속성을 흠모하고 재현하며 음악에 다가가는 텍스트를 실현하고자 한다. 내게도 얼마간 음악을 향한 그런 종류의 동경이 있었고 음악이라는 형식으로부터 아이디어를 얻기도 하지만, 이제 음악적인 것이 되기를 욕망하는 텍스트들 대부분에 깊은 불신이 있다. 철학은 자주 포획 불가능한 의미의 영역을 넓게 확보하고 있는 시의 난해를 진리가 펼쳐지는 장소로 여겼다. 그러나 음악이나 시의 불가해성이 진리와 비슷한 속성을 공유할 뿐이지 실제로 그것들이 진리를 담아내는 것은 아니며, 더욱이 그것들에 대한 해석 속에서 결코 진리는 소명되지 않는다. 어떤 불가해는 불가해 속에서만 계속되는 신비로 남고, 그래야만 한다. 과학은 자연이 존재하는 법칙은 규명할 수 있지만, 그 의미는 알 수 없다. 여기에도 목적 없는 지식의 해방이 있다.

　이제야 겨우 김선욱의 피아노 리사이틀로
돌아갈 수 있을 것 같다. 지금으로부터 정확히
20년 전에 퍼커셔니스트 한문경의 연주에
반주자로 등장한 김선욱을 처음 본 뒤로
그는 내가 가장 꾸준히 연주를 찾아 들어온
피아니스트 중 한 명이다. 여러 이유 중
나를 가장 크게 김선욱의 연주에 목마르게
만든 건 그가 연주하는 베토벤이었다.
베토벤 음악의 확신에 찬 정서에 감흥을
느끼지 못하고 살아온 내게 김선욱은 매번
나를 설득시키는 베토벤 연주를 들려주는
피아니스트였기 때문이다. 늘 연주자와
싸우는 것 같은 비장한 태도로 그의 연주회를
찾아갔는데, 나는 매번 패배의 고배를
마시고는 음악의 기쁨을 흠뻑 뒤집어쓴 채

집으로 돌아오고는 했다. 팬데믹 시기에 취소된 공연 이후 처음 예매한 김선욱의 리사이틀이었고, 프로그램에는 슈베르트의 마지막 피아노소나타가 포함되어 있었다. 객석에 앉아 코를 골며 민폐를 끼치든, 집에 오는 길에 기절을 하든 그 연주를 포기할 수 없었다. 《자동 피아노》의 '작가의 말'에 글을 쓸 때 거의 음악을 듣지 않지만, 들어야 한다면 슈베르트 피아노소나타를 듣는다고 썼을 만큼 나는 슈베르트의 피아노소나타를 정말로 좋아한다. 더욱이 후기 피아노소나타 세 곡이 프로그램에 올라와 있는 걸 발견하면 일단 들어보러 가고 싶은 마음이 솟구친다. 그런데 내게 일방적인 투쟁심을 일으키고, 언제나 나를 패배시키는 연주자의 연주라니. 그걸 포기할 수는 없었다.

연주가 시작되자마자 피로는 씻은 듯이 사라졌다. 본격적으로 지휘자의 길을 걸으며 2년 만에 갖는 리사이틀이라는 말이 무색했다. 오히려 곡을 이해하고 표현하는 방식이 훨씬 더 입체적이고 정교해졌다고 느꼈다. 우연한 깨달음은 신비롭다. 깨달음은 분명 오래 누적된 깨달음의 분말들이 단단하게 뭉쳐진 결과지만, 그것들이 서로를 꽉 움켜쥔 채로 나타나기 전에는 무슨 일이 일어나고 있는지 알 수 없기 때문이다. 그날은 김선욱의 연주에 대해 깊이 생각하다 말고, 난데없이 내가 다양한 장르의 예술가 중에 클래식 연주자를 가장 위대하다고 생각한다는 사실을 깨달았다. 작곡가가 아닌 연주자라니. 아주 큰 소리부터 작은 소리까지, 하물며 거의 찰나에 가까운 휴지까지 선명하게 들려오는 연주를 듣다 보면 연주자의 육체에 대해 생각하지 않을 수 없다. 그들은 거의 사람을 한계까지 몰아붙이는 정신없는 악보를 자신의 몸을 통해 재현한다. 훌륭한 연주자는 음악을 잘 전달하기 위해서 악보를 제대로 이해할 줄 알아야 하고, 악보에 표현된 것을 악기를 통해 구체적으로 어떻게 재현해야 하는지 결정해야 하고, 그걸 통제할 힘과 테크닉을 갖춰야 하고, 무대 위에서 매번 단 한 번뿐인 연주가 주는 정신적 압박을 견뎌야 한다. 섬세한 지성과 단련된 신체, 정신의 결기가 작품의 결과에 동시적으로 영향을 미치며, 그 모든 과정을 감상자에게 노출해야 하는 예술가가 연주자 말고 또 있을까. 연주자는 비단 만들어진 악보를 연주하는 예술가가 아니다. 그들은 창작자다. 악보라는 세계의 아름다움을 재현하기 위해 너무 큰 고통과 인내를 견뎌야 하는 나머지 위계적이며 폭압적이기까지 한 그런 창작자 말이다.

그런 생각을 하다 1부의 연주가 끝났다.

막간에 로비를 거닐다 최근 음악극 한 편을

올리고 내게 의견을 구한 적 있는 작곡가

손일훈을 만나 인사를 나눴다. 그의 작품을

두고 나눴던 대화와 김선욱의 연주를 들으며

했던 생각들이 겹쳐졌다 흩어졌다. 객석으로

돌아가며 어쩐지 《작가의 말》에 수록할

'작가의 말'에 그날의 연주에 대해 쓰게 될 것

같은 기분이 들었다.

2부가 시작되고, 비로소 가장 기대했던

슈베르트의 〈피아노소나타 제21번 내림

나장조Piano Sonata No. 21 in B Flat Major,

D. 960〉가 연주되기 시작했다. 나는 곧 그

순간을 영원히 잊을 수 없을 것임을 확신했다.

악보를 읽지 못하지만 알 수 있었다. 그 곡을

정말 수도 없이 반복해 들었기 때문이다.
연주자는 최선을 다해 악보에 그려진
세계를 있는 그대로 악기를 통해 재현하고
있었다. 물론 그것은 환영이고, 불가능이다.
악보가 온전하게 재현된 이상적인 연주가
존재한다면, 우리에게는 그저 신체가
단련된 연주 기술자나 자동 피아노만이
필요할 것이다. 내가 말하려는 것은 그가
악보를 자신의 몸을 통과시켜 악기 위에서
실현시키기까지의 과정이다. 그는 악곡
전체를 부감하면서도 포함된 사소한 모든
요소를 남김없이 읽어내는 해석자이면서,
해석된 악곡에 자의적인 의미를 덧붙이지
않으려 애쓰고 있는 것처럼 보였다. 나는
내가 알고 있는 그 곡의 모든 디테일들을
매 순간 선명하게 듣는 동시에, 내 감상에서
누락되어 있던 디테일들이 무대 위로 우르르

쏟아져 나오는 것을 목격했다. 예술에서 일종의 경지에 오른 결과물들은 서로 경쟁하지 않지만, 적어도 내가 살아 있는 동안에 이처럼 완전하게 느껴지는 슈베르트의 마지막 소나타를 직접 들을 기회는 다시 오지 않을 것만 같았다. 그리고 거기에 인간이 있었다. 아무리 뛰어난 연주자라 해도 그의 성실함과 태도가 매번 오차 없는 결과를 보장하는 건 아니다. 완전히 장악한 음악을 거듭 연주할 때에도 실수는 발생하고, 더 나아가 실수는 같은 자리에서만 반복되지 않는다. 악보는 계획되어 있지만 연주는 우발적이다. 연주자가 자신과 악기의 육체로 하나의 세계를 창조하는 동안에, 비록 그것이 거의 완벽에 가까운 연주일지라도 관객은 그 실패의 가능성과 불안마저 함께 듣고 있는 것이나 다름없다. 그 사실은 절망적이지만,

나는 그것이 한정된 시간에 영원을 초과하는 기쁨을 느끼는 자가 지불해야 하는 비용이라는 사실도 안다. 그 절망 없이는 음악을 그토록 사랑할 수 없다는 것도. 슈베르트의 피아노 곡 〈악흥의 순간Moments Musicaux〉의 세 번째 악장이 떠오른다.

거의 쉬지 않고 연달아 연주된 세 곡의 앙코르 중 마지막 곡은 슈베르트의 가곡 〈음악에게An die Musik〉였다. 땀에 흠뻑 젖은 상기된 얼굴로 피아노 앞에 앉은 김선욱은 그것이 어릴 적 왜 음악을 해야 하는가 하는 질문 속에 있을 때 스승이 들려준 곡이라고 관객에게 설명했다. 늘 엄격하고 바짝 날이 서 있는 연주와 어울리지 않는 다정한 멘트고 선곡이었다. 연주가 끝나자마자 근방에서 일을 마치고 나를 기다리고 있던 남편을 만나기 위해 주차장으로 향했다. 보조석에 앉자 음악이 주는 고양감에 억눌려 있던 몸의 고통이 밀려왔다. 피로와 멀미에 시달리며 하나의 사물처럼 가만히 실려 집으로 돌아오는 길에 홀로 질문했다. 내가 음악을 사랑하는 것만큼 문학을 사랑할 수 있을까. 답은 정해져 있었다. 아마 그럴 수는 없을 것이다. 그러다 문득 이런 생각이 들었다. 내가 사랑하는 무대 위의 연주자들처럼 되기를 소망할 수는 있지 않을까. 작곡가이기를 꿈꾸지 않고, 연주자이기를 꿈꾸는 것은 가능하지 않을까. 내가 집요하게 읽어낸 세계가 약속된 의미에 끌려다니지 않도록 저항하면서 그렇게. 무엇보다, 매번 실패의 가능성과 불안을 내 창작의 필연적인 존재론적 운명으로 받아들인 채로.

연주 내내 머리를 세게 얻어맞은
기분으로 객석에 앉아 있던 나는, 그날 이후로
김선욱의 연주를 향한 나의 일방적인 투쟁을
마치기로 SNS에 선언했다. 아프고 지친 몸을
회복하기까지는 꽤 오랜 시간이 필요했다.
이제야 겨우 책상 앞에 앉아 쓴다.

　　또한, 내가 지금 쓴 문장들이 언제든 나를
배반하거나 모욕할 것을 알고 있다. 이 예감은
몹시 황홀하다.

2024. 7. 15.

천희란

한 조각의 문학, 위픽 (wefic)

이서수 《첫사랑이 언니에게 남긴 것》
이경희 《매듭 정리》
송경아 《무지개나래 반려동물 납골당》
현호정 《삼색도》
김 현 《고유한 형태》
이민진 《무칭》
김이환 《더 나은 인간》
안 담 《소녀는 따로 자란다》
조현아 《밥줄광대놀음》
김효인 《새로고침》
전혜진 《고르디우스의 매듭을 자르면》
김청귤 《제습기 다이어트》
최의택 《논터널링》
김유담 《스페이스 M》
전삼혜 《나름에게 가는 길》
최진영 《오로라》
이혁진 《단단하고 녹슬지 않는》
강화길 《영희와 제임스》
이문영 《루카스》
현찬양 《인현왕후의 회빙환을 위하여》
차현지 《다다른 날들》
김성중 《두더지 인간》
김서해 《라비우와 링과》
임선우 《0000》
듀 나 《바리》
한유리 《불멸의 인절미》
한정현 《사랑과 연합 0장》
위수정 《칠면조가 숨어 있어》
천희란 《작가의 말》
정보라 《창문》

위픽은 위즈덤하우스의 단편소설 시리즈입니다.
'단 한 편의 이야기'를 깊게 호흡하는
특별한 경험을 선사합니다.

이 작은 조각이 당신의 세계를 넓혀줄
새로운 한 조각이 되기를.
작은 조각 하나하나가 모여
당신의 이야기가 되기를.

당신의 가슴에 깊이 새겨질
한 조각의 문학, 위픽

위픽 뉴스레터 구독하기
인스타그램 @wefic_book

- 62

작가의 말

초판 1쇄 인쇄 2024년 8월 26일
초판 1쇄 발행 2024년 9월 11일

지은이 천희란
펴낸이 최순영

출판2 본부장 박태근
스토리 독자 팀장 김소연
편집 곽선희 김해지 이은정
디자인 이세호

펴낸곳 ㈜위즈덤하우스 **출판등록** 2000년 5월 23일 제13-1071호
주소 서울특별시 마포구 양화로 19 합정오피스빌딩 17층
전화 02) 2179-5600 **홈페이지** www.wisdomhouse.co.kr

ISBN 979-11-7171-712-5 04810
　　　　979-11-6812-700-5 (세트)

값 13,000원